Mark Sarg

Die adoptierte Leiche

Mark Sarg

Die adoptierte Leiche

Bizarre Kurzgeschichten

Goldene Rakete Verlag für Belletristik

Imprint

Cover image: www.ingimage.com

Publisher:
Goldene Rakete Verlag für Belletristik
is a trademark of
International Book Market Service Ltd., member of OmniScriptum Publishing Group
17 Meldrum Street, Beau Bassin 71504, Mauritius

Printed at: see last page
ISBN: 978-620-2-44542-9

INHALTSVERZEICHNIS

EINER VON DENEN

„Einer von denen“ besuchte einen Maskenball und wurde auf Grund seiner Kostümierung nicht erkannt. Als er sich am Schluss demaskierte, fielen die Leute reihenweise in Ohnmacht und mussten ärztlich versorgt werden.

„Nur einer von denen ist imstande, einen derartigen Skandal zu verursachen!“, lautete tags darauf übereinstimmend das Urteil der Presse.

Da der Betreffende zur Gruppe der „***Un***aussprechlichen und ***Un***beschreiblichen“ gehört, kann auch hier leider nichts Weiteres über ihn berichtet werden.

DIE FLOTTE LEICHE (2)

Seiner Maxime, alles nur möglichst ***flott*** hinter sich zu bringen, blieb Monsieur Hippolyte Gschwindlaus, der sein Leben bereits mit 25 Jahren „bewältigt“ hatte, indem er gegen einen Baum gerast war, erst recht auch im Tode treu: Zur flottesten Auflösung legte er sich in ein Säurebad.

Und um sein Tempo noch zu steigern, übersprang er danach gleich mehrere „Disziplinen“ und stürzte sich voll Elan in eine neue Existenz als – Eintagsfliege.

Wie und was er nun alles ***noch*** flotter abwickeln könnte – darüber grübelt er unermüdlich bis heute ...

DER PAPST ALS SARGNAGEL

„Dieser Geselle wird noch einmal der Nagel zu meinem Sarg sein!“, stöhnte des Öfteren der Teufel angesichts der Borniertheit und „ganz besonderen Unbelehrbarkeit“ von Papst Kikerikius dem Lauten.

Wie gut daher doch für den Heiligen Vater, dass der Teufel ***un***sterblich ist ...

DER SCHÖNSTE MISSGRIFF DES JAHRES

Anlässlich eines Bußaufenthaltes in Paris erstand Papst Knackwurst der Stramme bei Nobelcouturier Marcel Fliederpfeil einen extravaganten und ***sünd***teuren Federhut, den kurz zuvor eine erlauchte Jury zum schönsten des Jahres gekürt hatte, und den er zu seinen „ganz privaten" Audienzen zu tragen gedachte – nach seiner Rückkehr aber dann doch rundweg ***unmöglich*** fand, weil er ihm plötzlich zu „französisch" schien.

Da er sich aber seinen Irrtum der Unfehlbarkeit wegen nicht voll einzugestehen erlaubte, begnügte er sich damit, den Hut zum „schönsten ***Missgriff*** des Jahres" herabzustufen – segnete ihn und verschenkte ihn an die Notleidenden.

Damit sie, wenn sie schon nicht satt waren, wenigstens zur Abwechselung mal ein bisschen hübsch und französisch aussehen konnten ...

DAS ASCHENPUTTEL UND DIE LEICHE

Auf einer Bergwanderung begegnete ein Aschenputtel einer Leiche. „Mein Gott, Sie sehen ja noch armseliger aus als ich!“, stellte Letztere voller Erbarmen fest. „Darf ich Sie zu mir einladen?“

Dankbar nahm es an und die beiden verbrachten einen vergnüglichen Nachmittag in einem gemütlichen Sarg.

Beim Abschied erbat die Leiche noch Aschenputtels Telefonnummer. „Falls ich mich eines Tages doch entschließen sollte, mich einäschern zu lassen“, meinte sie augenzwinkernd.

DER FRANZBRANNTWEIN UND DIE HYÄNENTOCHTER

Des Längeren schon hatte ein Franzbranntwein ein Auge auf die Tochter einer im Nachbarhaus wohnenden Hyäne. Ohne weitere Honneurs machte er ihr schließlich einen Heiratsantrag.

Doch da hatte er sich verrechnet. Noch am selben Tage stürmte die ***Mutter*** herein und reklamierte das Versprechen für ***sich***, da ihre Tochter noch nicht großjährig sei. Der Franzbranntwein warf sie einfach zur Tür hinaus.

Heimlich kam sie nachts durchs Fenster wieder und soff ihn aus – nachdem sie ihn zuvor noch rasch vergewaltigt hatte!

DAS JÜNGSTE GERICHT

Um eine würdige Auswahl für seine verstorbene Frau zu treffen, weilte Monsieur César Schmauchfinger in den Schauräumen eines großen Bestattungsunternehmens. Von der enormen Vielfalt bald erschöpft, ließ er sich in einen offenstehenden Sarg fallen, wo er – vom Personal unbemerkt – einschlief.

Als er nachts erwachte und sah, worin er lag, dachte er, er wäre tot. „Bin ***ich*** froh!“, frohlockte er, „Hat wenigstens die ***Sucherei*** ein Ende!“ Und zufrieden schlief er wieder ein.

Morgens geweckt von einer Putzfrau, die ihn schnarchen hörte, wähnte er sich vor dem Jüngsten Gericht, stand sogleich auf und salutierte artig. Als er ihren Kübel mit Wasser bemerkte, meinte er, eine „Heilige Waschung“ stehe ihm bevor und entkleidete sich ohne Umschweife völlig. Da alarmierte die Putzfrau die Polizei und diese steckte ihn wegen „Vergehens gegen die Sittlichkeit“ in eine Zelle.

„Ich hätte nie gedacht, dass man sogar als Toter derlei Alpträume haben kann!“, seufzte er dort.

DIE SMARTE LEICHE (2)

Eine Leiche war so smart, dass sie partout niemand als solche anzuerkennen bereit war. Stattdessen stattete man sie mit den höchsten politischen Ämtern aus.

Doch da verlor sie ihr Ansehen im Fluge – und am Ende jagte man sie gar als „hundserbärmliche Leiche“ mit Schimpf und Schande auf den Friedhof.

Niemals möge man daher seine Smartheit leichtfertig aufs Spiel setzen! Und schon gar nicht für einen fragwürdigen Zweck.

Und dies gilt selbst dann, wenn man (noch) ***keine*** Leiche ist!

DIE WERTVOLLE ERFAHRUNG

Ein Schneewittchen heiratete ein Flittchen – was natürlich auf Grund der Verschiedenartigkeit der Charaktere a priori zum Scheitern verurteilt war.

Und als die beiden dies gegen Ende ihres Lebens **endlich** erkannt hatten, dankten sie einander für die wertvolle Erfahrung und ließen sich rasch wieder scheiden – um nicht auch noch gemeinsam beigesetzt zu werden ...

DER PAPST ALS KIRSCHENSTRUDEL

Von einem seiner Vorgänger erfuhr Papst Springmohn der Mutige, wie wenig gefragt dieser seinerzeit bei einem Auftritt als Apfelstrudel gewesen war. Dies spornte ihn an, sich als ***Kirschen***strudel ungleich erfolgreicher zu versuchen.

Und tatsächlich bissen an ihm sich die Leute die Zähne aus; denn natürlich hatte er heimtückischerweise verabsäumt, sich vorher zu entkernen.

Ob dies aber wirklich als „Erfolg“ zu werten ist, hängt schon sehr von der religiösen Betrachtungsweise ab ...

DER PAPST ALS KIRCHENSTRUDEL

Sich als himmlisch mundender Strudel, gefüllt mit Früchten der Saison, ganz im Geiste des Evangeliums auf wundersame Weise zu vermehren, und dann in den Kirchen der Welt verführerisch auszubreiten, um die Menschen zum Eintritt zu animieren – so das begnadete Rezept von Papst Hirsekopf dem Weisen zur Stärkung des Christentums.

Angelockt aber hat er vor allem die Fresswütigen, Gierigen, Gottlosen und Unverschämten – die der Kirche auch bis heute am **treuesten** erhalten bleiben ...

DER PAPST ALS KICHERSTRUDEL

Sich als leckerer Strudel, wohlduftend und frisch gebacken, beim Höllenfürsten einzuschleichen – um ihn dann durch penetrantes und hysterisches Gekicher so lange zu malträtieren, bis er sich endlich „aus freien Stücken" zu Gott bekenne. So der genialische Plan von Papst Sonnenteig dem Schmackhaften.

Und wie sah das Ergebnis aus? Durch herzzerreißendes Gejammer und Geheule **dauerte** ihn der Teufel dermaßen, dass ***er*** sich letztlich, nur um ihn zu beruhigen, voll und ganz zu ***ihm*** bekannte!

DER GALANTE SARG

Ehe Mrs. Mary Edelbräuser an einem sonnigen Vormittage ein Fenster ihres Salons schließen konnte, schwebte noch rasch ein überaus eleganter, angenehmst parfümierter Sarg herein und öffnete sich galant.

„Oh – danke!“, flirtete sie kokett, bestieg ihn – und reiste mit ihm nach Paris.

DIE LEICHE UND DAS BÜGELEISEN

„Ich mache dich aufmerksam: Hier ist es auch nicht immer so lustig, wie du denkst!“, verriet eine Leiche ihrem ehemaligen Bügeleisen nachts im Traume.

Dieses bedankte sich herzlich und versprach, sich künftig nicht mehr über Gebühr zu erhitzen.

DER PAPST ALS HOFNARR

Diese Rolle schien Papst Lachlmeyer dem Amüsanten auf dem Wege seiner Selbstfindung so nachgerade „klassisch“ mit seinem Amte verbunden, dass er sich nicht nur von ihr überhaupt nie mehr zu trennen vermochte, sondern sie auch all seinen **Nachfolgern** „bindend“ ins Evangelium schrieb.

Und diese hielten sich selbstverständlich bis heute getreulich daran – und werden dies wohl auch noch eine ganze Weile tun ...

DER PAPST ALS GRABSCHÄNDER

In seinem heiligen Ehrgeize war sich Papst Gurkenschnabel der Prächtige nach dem Tode nicht zu erlaucht, sein eigenes Grabmal zu schänden – wohl wissend, dass es sein Nachfolger, Stiefelkropf der Schmächtige, zum Ausgleich für diese Unbill sogleich zum „**Heiligen** Grab“ erheben würde.

Auch und gerade in der Kirche heiligt eben doch der Zweck die Mittel ...

DER PAPST ALS MASTSCHWEIN

Als „heiliges Sparschwein“ zum Wohle der Christenheit pries sich Papst Stiefkropf der Tüchtige allen Spendenfreudigen mit Nachdruck – um die Finanzen der Kirche noch ein wenig weiter aufzubessern.

Nachdem ihn aber ein „frommer Gönner“ offenbar etwas zu wörtlich genommen und bei einer nächtlichen Visite mit Münzen und Banknoten durch den Schlund unerbittlich vollgestopft hatte, fühlte er sich zunächst zwar als „unheiliges ***Mast***schwein“ – erkannte dann aber sehr rasch, dass gerade diese bedauernswerten, geschundenen Kreaturen die ***wahren*** Heiligen sind.

Und um diese gesegnete Erkenntnis reicher, empfahl er demütig seine Seele dem Herrn.

DER LACHENDE SARG

Ein Sarg hatte die Angewohnheit, sich selbst und – unerwünschterweise – seiner „Gemahlin“, Baronin Nelise Fürderhoff, nahezu pausenlos Witze zu erzählen und – was fast noch schwerer wog – auf burschikose Weise hellauf darüber zu lachen.

Wieder und wieder hatte sich die Baronin seine „albernen Zoten“ im Hinblick auf ihren hohen Rang verbeten – vergeblich! Was sie am meisten dabei störte, war, dass er sogar nachmittags, wenn sie ihren zweistündigen Schönheitsschlaf zu halten beliebte, nicht ruhig sein konnte oder wollte. Schließlich wusste sie sich keinen anderen Rat, als beim Vorgesetzten des Sarges, einem ehrwürdigen Sarkophag, in aller Form Beschwerde einzulegen.

Der zeigte sich verständig und verhängte folgende Buße: Sieben aufeinanderfolgende Nächte lang hatte der Sarg sich bei ihm einzufinden, um bei Kerzenlicht im Sprechgesang aus dem Tibetanischen Totenbuch zu rezitieren und sich selbst an der Harfe zu begleiten.

Da verging ihm wahrhaftig das Lachen! Zumindest für einige Zeit.

DER UNARTIGE WANDTEPPICH

Ein in einem Museum hängender Wandteppich amüsiert sich damit, Vorbeigehende in das Gesäß zu kneifen.

Während die meisten Besucher schreiend weiterlaufen, kniff ein besonders beherzter Jüngling zurück und fragte augenzwinkernd: „Wann hast du Zeit?“

Seither werden die Vorübergehenden an ***zwei*** Stellen gekniffen.

DIE REVIDIERTE METHODE

In einem sehr gelehrten Buche hatte Mrs. Gelati Hupfspecht erfahren, dass man das, was man schon beherrsche, ***nicht*** mehr lernen müsse, sondern meist nur noch das ***Gegenteil*** hinzuzufügen brauche, um sich zu vervollkommnen.

Da man ihr immer wieder vorwarf, sie sei zu geradeheraus oder frontal im Umgang mit ihren Mitmenschen, beschloss sie daher, es als ergänzenden Ausgleich auch etwas „von hintenherum“ zu versuchen.

Hatte sie beispielsweise die Absicht, sich in einem Laden vorzudrängen, fragte sie erst scheinheilig den Kunden, der an der Reihe war: „Waren ***Sie*** nicht ***vor*** mir?“, um sich gleich darauf, ohne eine Antwort abzuwarten, mit Ihrem Wunsch der Bedienung zuzuwenden.

Wollte sie bei Bekannten einen Besuch durchsetzen, von dem sie genau wusste, dass er höchst ungelegen war, fragte sie am Telefon zuerst: „Mein Erscheinen kommt euch doch hoffentlich nicht ungelegen?“, um abrupt darauf den Termin festzulegen.

Gelüstete es sie, jemandem gehörig auf die Zehen zu treten, näherte sie sich sanft, um ein beliebiges Kleidungsstück der betreffenden Person zu bewundern, dabei „versehentlich“ ihr Gleichgewicht zu verlieren und schließlich ihr Vorhaben mit dem anschließenden Bedauern: „O Pardon! Wie ***un***geschickt von mir!“ auszuführen.

Überkam sie das „unbezwingbare" Verlangen, einer Freundin während eines Kaffeehausbesuchs ihren Hut zu klauen, deponierte sie diesen erst mit dem besorgten Hinweis: „Ich bitte dich, gib ***ja*** auf deinen Hut acht!" an einer besonders „geschützten" Stelle der Garderobe, um ihn dann später im Vorübergehen in ihrer Handtasche verschwinden zu lassen.

Waren dies auch bloß Beispiele der „harmloseren" Art, so steigerte sich Mrs. Hupfspecht in ihrer „revidierten Methode" unaufhaltsam und stetig, bis sie ungeahnte „Höhen" darin erreichte – von denen es allerdings nur noch ***abwärts*** gehen konnte:

Ahnungsvoll eines Nachts erwachend, gewahrte sie einen offenbar gedungenen finsteren Gesellen mit gezücktem Dolch über sich.

In bewährter Manier versuchte sie es erst von ***hinten***herum: „Sie kommen doch sicher nicht zu ***mir***?! Ein so ***charmanter*** Mann wie Sie!" Der „Besucher" hielt verlegen inne. Gleich darauf jedoch erfolgte der obligate Kurswechsel und sie brüllte ihn an: „Auf den ***Kopf*** sage ich Ihnen zu, dass Sie ein ***Mörder*** sind, Sie Schwein!"

Da erstach er sie von ***vorne***.

DER SCHWARZE BERG

Der schwarze Berg lud zu einer Trauerfeier für den verstorbenen silbernen Berg. Da er aber vergaß, den Termin in den Billetts anzugeben, blieben auch die Gäste aus.

„Macht nichts“, tröstete er sich, „Ich trauere ohnehin nicht ***wirklich*** um ihn. – Aber eines wurmt mich ***doch***: die Gleichgültigkeit der Leute!“

DER MÖRDER DES MÖRDERS

Ein langjähriger, versierter Mörder traf eines Tages auf den Falschen.

„Bei mir sind Sie gerade ***richtig***!“, bemerkte dieser verschmitzt, ehe er ihm sogleich den Garaus machte.

DER PAPST ALS LOCKVOGEL (1)

Um seinen gewaltigen Schuldenberg beim Teufel allmählich abzutilgen, verpflichtete sich ihm Papst Edelkopf der Schlaue als Lockvogel – der ihm mit Hilfe seiner Macht und Autorität jährlich eine bestimmte Mindestzahl von Gläubigen in die Arme treiben sollte.

Voller Übereifer ging er dabei aber so geschickt und raffiniert vor, dass er im Nu einen stattlichen „Bonus“ für das Heilige Amt erwirtschaftet hatte – auf dessen Einlösung er nichtsdestoweniger gnädigst verzichtete.

Und seine Nachfolger? ***Mehrten*** diesen Bonus noch bis heute kontinuierlich und ohne jede Not, offenbar einem christlichen ***Urtriebe*** folgend, ins schier Unermessliche ...

DER PAPST ALS LOCKVOGEL (2)

Fast sein ganzes Pontifikat lang überlegte Papst Wollkopf der Ehrgeizige krampfhaft, in welcher Gestalt er wohl den Teufel am **wirksamsten** anlocken könne – um ihn dann endlich nach Kräften zu bekehren.

Erst am Ende kam ihm die Erleuchtung: Als er ***selber***!

Und **locken** brauchte er obendrein nicht mehr; denn natürlich hatte in Wahrheit sein Widersacher längst ***ihn*** „bekehrt“.

Wozu vor allem auch gehörte, dass er dies, zu Lebzeiten wenigstens, nicht einmal merkte ...

DER EIFERSÜCHTIGE SCHUH

Beim Aufräumen entdeckte Justizrat Baldassare Schemelreiter ein Paar übergroßer, seltsam altmodischer Schuhe unter seinem Nachtkästchen, die er nie zuvor gesehen, geschweige besessen hatte.

Nachsinnend über dieses Rätsel ließ er sich auf der Bettkante nieder, da sprang ihm auch schon der linke Schuh auf den Schoß. „Was willst du von mir?“, fragte der Justizrat, nachdem er sich etwas gefasst hatte. „Von dir adoptiert werden!“, antwortete ohne Umschweife der Schuh.

Obgleich durchaus geschmeichelt, zierte sich der kinderlose Justizrat zunächst. Da der Schuh in seinem Drängen aber nicht lockerließ und auch nicht willens war, seinen Schoß ohne Zusage wieder zu verlassen, willigte er schließlich – nicht ohne Stolz – formell ein.

In diesem Augenblick sprang wie wild der ***andere*** Schuh unter dem Kästchen hervor und erschlug ihn.

Vermutliches Motiv: Eifersucht!

DER BEGEHRTE FISCHER (1)

Ein Fischer war im ganzen Dorfe von Jung und Alt dermaßen begehrt – dass man ihn eines Tages wie einen Fisch zubereitete, buk und mit Kartoffelsalat verspeiste!

DER BEGEHRTE FISCHER (2)

Ein Fischer war bei den Fischen so begehrt, dass sie in erbitterten Streit darüber ausbrachen, ***wer*** ihn fangen dürfe.

Als schließlich ein Hai schlichtend eingriff und ein salomonisches Urteil fällte, war es bereits zu spät: Tags zuvor hatte die überaus kräftige ***Frau*** des Fischers diesen in einem Eifersuchtsstreit mit seiner Angelrute erschlagen.

DER GEPLATZTE MAJOR

Beim Abschreiten des Spaliers bekam es Major Romuald Traumbischer mit der Angst zu tun. Er hatte vergessen, tief Luft zu holen, um seine Soldaten ordentlich anbrüllen zu können.

In Panik blies er sich so ***gewaltig*** auf, dass er platzte. Nun brüllten die ***Soldaten*** (vor Lachen).

„Möchte wirklich ***zu*** gern wissen, was an einem geplatzten Major dermaßen ***komisch*** sein soll!“, wunderte er sich auf dem Weg ins Jenseits. „Ver***rück***te Welt! War höchste Zeit, dass ich abdankte!“

DAS KLEINE PAPSTERL

Wegen seiner trotz des erheblichen Altersunterschiedes frappierenden Ähnlichkeit mit dem amtierenden Papste, Grobkorn dem Mächtigen, wurde der junge Odino Edelschimmel überall bloß das „kleine Papsterl“ gerufen.

Als dem großen „Original“ diese Gottlosigkeit endlich zu Ohren gekommen war, ließ er in heiligem Zorne seinen Doppelgänger sogleich enthaupten – drapierte den ausgestopften Schädel zwischen zwei Kerzen auf seinem Nachttisch und ergötzte sich morgens und abends an seinem Anblick.

Und dankte dem Schöpfer jedes Mal neu, wie überaus fesch und schneidig er doch eigentlich immer noch war ...

DIE FACHGERECHTE DARMBEHANDLUNG

„Andere würden sich ihren Darm ablecken, wenn sie mich zum Sohne hätten!“, pflegte Dr. med. Rübenlaus Tollkirsch in jungen Jahren seinen stets maßlos überzogenen Taschengeldforderungen gegenüber seinen Eltern Nachdruck zu verleihen.

Enzian und Magda begnügten sich indes damit, jedes Mal ihre 12 Finger abzulecken, wenn sie zähneknirschend gezahlt hatten.

Was bei beiden gemäß der Diagnose ihres edlen Sprosses allmählich zu einem Zwölffingerdarmgeschwür führte – welches er nun als überaus angesehener Spezialist für Darmerkrankungen fachgerecht behandelte, indem er ihre überzähligen Finger amputierte.

Und in tiefer Genugtuung erkannten sie jetzt endlich auch, wie ***gut*** sie ihr Geld doch angelegt hatten ...

DER PAPST ALS SAURE GURKE

Fast sein gesamtes Pontifikat lang fühlte sich Papst Wohllauch der Delikate wie eine saure Gurke – und konnte sich den Grund hierfür einfach nicht erklären.

Erst nach dem Tode ward ihm die so dringend ersehnte Erleuchtung zuteil:

Eben als ***Gurke*** wählte man ihn in sein Amt; bloß ***sauer*** wurde er erst durch dessen pflichtschuldigste Ausübung …

DER PAPST ALS SACHERTORTE

Wen nimmt es wunder, dass Papst Apfelsinius der Saure nach dem Genusse einer kompletten Sachertorte mit reichlich Schlagobers in regelrechten religiösen Wahn verfiel, weil er ***Gott*** darin zu erkennen glaubte!

Folgerichtig gab es daher für ihn auch nur ***einen*** Weg, endlich von dessen „Stellvertreter" zu ihm ***selbst*** zu avancieren: Er mutierte schleunigst gleichfalls zu einer solchen Köstlichkeit.

Als er sich aber – schon halb vertrocknet und mit verdorbener Sahne – immer ***weniger*** göttlich fühlte, und sich obendrein ihn niemand auch nur zu kosten erbarmte, kehrte er demütig zurück in seinen früheren Zustand.

Und **entsagte** fortan nicht nur jeder Torte – sondern belegte zudem dies „Blendwerk des Teufels" mit dem Kirchenbann!

DAS VERSCHOLLENE BEGRÄBNIS

Das mit Glanz und Gloria angesetzte Begräbnis von Kammersänger Maledoro von Kläff konnte nicht stattfinden, weil es trotz hektischster Suche einfach nicht aufzufinden war. Es war richtiggehend ***verschollen***!

Die aus allen Teilen des Landes angereisten, hochdekorierten Gäste von Rang und Namen waren empört und ließen eine polizeiliche Großfahndung in die Wege leiten.

Und tatsächlich konnte man seiner – auf Grund glücklicher Fügungen – am späten Nachmittage doch noch habhaft werden: Gemütlich saß es bei seiner Großtante und tat sich gütlich an Kuchen und Kaffee!

Nun bat es zur Versöhnung rasch auch die Trauergemeinde herbei – und geriet so stolz von einer beschaulichen Jause zu Hause zu einem staatlichen Leichenschmause!

DIE VERWEGENE RUNDE

Eine Runde von Wildschweinen saß beim Kartenspiel in einem Wirtshaus. Als um Mitternacht der Wirt sperren wollte, trank eines der Schweine noch rasch ein Fass Bier leer und erschlug ihn anschließend damit.

Bei der polizeilichen Vernehmung gab man an, man habe dem Vorwurf der **Zechprellerei** zuvorkommen wollen und sich ***des***wegen zu solch verwegenem Tun entschlossen!

DIE RACHE DER NACHTIGALL

Auf einem Spazierweg unweit seines Gutes begegnete Lord Graham Sodbrenner einer Nachtigall. Diese fragte ihn geradeheraus, ob er mit ihr schlafen wolle – was er brüsk von sich wies.

Da verpfiff sie ihn wegen Steuerhinterziehung beim Finanzamt.

Von einer solchen hatte sie nämlich durch ihre ***Schwester*** erfahren, die beim Lord drei Jahre lang als Buchhalterin beschäftigt gewesen war.

Und für ***die*** war er sich damals ***nicht*** zu gut gewesen!

DER PAPST ALS KIRCHENSTROLCH

Wie diese beiden Gattungen zueinander in Verbindung stehen, wurde Papst Goldstrumpf dem Glücklichen, als bis dato Einzigem, in einem Akte beispielloser, gnadenhafter Erleuchtung, direkt von oben, schlagartig klar:

Sie sind absolut ***identisch***!

Höchst verständlich, dass er Hals über Kopf aus seinem Amte floh – und zum Buddhismus überwechselte.

DAS KROKODIL UND DIE DOSENLEICHE

Ein Krokodil hatte sich für magere Zeiten eine Leiche in einer Dose konserviert.

Als es sich an die Mahlzeit machen wollte und die Dose öffnete, benahm sich die Leiche unanständig. Dem Krokodil verging der Appetit gründlich und es warf sie ins Wasser.

„Das ***hat*** man von diesen Fratzen!“, schimpfte es, „Man sorgt für ihren Unterhalt und sie vergönnen einem nicht einmal das Fressen!“

DER GESTEINIGTE PAPST

„Wer im Glashaus sitzt, werfe nicht mit Steinen!“ Um diesem klugen Leitspruch möglichst konsequent gerecht zu werden und ihn auch im banalen Alltag nur ja nie zu vergessen, tauschte Papst Strudelsack der Kühne sein vatikanisches Quartier mit einem schmucken, wenn auch etwas unbehaglichen Glashäuschen auf einem Hügel inmitten der päpstlichen Gärten.

Leider aber war er mit seinem Experiment keineswegs erfolgreich. Denn da er den gleichen disziplinären Schritt mit unerbittlicher Strenge und ohne Schonfrist auch seinen Kardinälen abverlangte, warfen ihm diese „zur Verteidigung ihrer göttlichen Würde“ in christlichem Ungehorsam die Scheiben ein – und **steinigten** ihn, während sie inniglich für die Errettung seiner Seele beteten.

Danach baten sie den Allmächtigen reumütig um Vergebung und wählten einen Nachfolger.

DIE WEISSE LEICHENKUTSCHE

In rasendem Galopp zogen zwei schwarze Pferde mit silbernen Mähnen eine weiße Leichenkutsche einen Berghang hinab.

„Noch einmal, bitte!“, ersuchte, unten angekommen, die Leiche den Kutscher.

„***So*** macht es ***Spaß***, tot zu sein!“

DIE ADOPTIERTE LEICHE

Als die Frischvermählten Lynn und Hester Greenmolch auf ihrem Gute in Springingfield den Hochzeitsbraten auftrugen, lud sich vom benachbarten Friedhof eine Leiche, die bekannt war für ihre feine Nase, selber als Gratulantin ein.

Sie langte kräftig zu, unterhielt ihre Gastgeber bestens, machte ihnen wohlgelaunt die artigsten Avancen, half ihnen hinterher beim Abwasch – und blieb sogar die Nacht über als „Anstandsdame" in deren Schlafzimmer.

Sie erwies sich insgesamt als so hilfreich, anhänglich und nützlich, dass die beiden tags darauf kurzerhand beschlossen, sie an Kindes statt zu adoptieren.

Und da sie auch nicht bangen mussten, ihren „Sprössling" jemals wieder, vor allem durch den Tod, zu verlieren, gerieten sie bald zur glücklichsten Vorzeigefamilie im ganzen Land.

Und viele andere Paare pilgern seither auf die Friedhöfe, um sich gleicherarts günstigen und ewigen „Nachwuchs" zu verschaffen.

DER PAPST ALS ABFÜHRMITTEL

Seit es seine Institution gibt, dient der Heilige Vater, wie man weiß, der halben Welt als religiöses Aufputschmittel.

Was freilich aber auch zur Folge hat, dass er dem Rest der Welt als mindestens so wirksames ***Abführmittel*** gilt ...

MIX
Papier aus verantwortungsvollen Quellen
Paper from responsible sources
FSC® C105338

Printed by Books on Demand GmbH, Norderstedt / Germany